PAUL BRANDA

LA
VOIX DES PIERRES

CHAPELLE

TOUR DE FER — KERMORVAN

PARIS

LIBRAIRIE FISCHBACHER

Société Anonyme

33, RUE DE SEINE, 33

1892

LA
VOIX DES PIERRES

CHAPELLE

TOUR DE FER — KERMORVAN

OUVRAGES DU MÊME AUTEUR

RÉFORMES NAVALES. *La France sur l'Océan. — Paris port de mer.* In-18.. 1 »
LA MER UNIVERSELLE. — *La France sur l'Océan.* In-18.... 1 »
ÇA ET LA. — COCHINCHINE ET CAMBODGE. — *L'âme Khmère. — Ang-Kor.* 1 vol. in-12............................ 3 50
SOLEIL D'AUTOMNE. 1 vol. in-12............................ 3 50
AUTOUR DU MONDE. 1 vol. in-12............................ 3 50
CONTRE VENT ET MARÉE. 1 vol. in-12....................... 3 50
LETTRES D'UN MARIN. — Calédonie. — Le Cap. — Sainte-Hélène. 1 vol. in-12.. 3 50
LES TROIS CAPS, journal du bord. 1 vol. in-12............. 3 50
LE HAUT-MÉKONG ou le Laos ouvert; avec une carte-autographe du Haut-Mékong, par C. de Fesigny, 2e éd. In-8. 2 »
RÉFLEXIONS DIVERSES, Ire série, 1 vol. in-18 .... 1 »
    —   IIe   —   .... 1 »
    —   IIIe   —   .... 1 »
    —   IVe   —   .... 1 »
    —   Ve   —   .... 1 »
    —   VIe   —   .... 1 »
    —   VIIe   —   .... 1 »
    —   VIIIe   —   .... 1 »
    —   IXe   —   .... 1 »
    —   Xe   —   .... 1 »
    —   XIe   —   .... 1 »
EN MER. 1 vol. in-12...................................... 1 »
RÉCITS ET NOUVELLES. 1 vol. in-12........................ 1 »
MERS DE L'INDE. 1 vol. in-12............................. 2 »
MERS DE CHINE. 1 vol. in-12.............................. 2 50
UN JOUR A MONACO. 1 vol. in-18.......................... 1 »
A BARCELONE. 1 vol. in-18............................... 1 »
POUVOIR SPIRITUEL ET POUVOIR TEMPOREL. Brochure in-12.. » 60
LA REPRÉSENTOCRATIE. Brochure in-8...................... 1 »
DE LA RÉPUBLIQUE CONSTITUTIONNELLE. — Calhoun. — Etude sur le gouvernement des Etats-unis. Brochure in-12....... » 50
LA RÉPUBLIQUE RURALE. 1 vol. in-12....................... 1 50
RÉPUBLIQUE ET GOUVERNEMENT EN PROVINCE. Brochure in-8. » 75
LIBERTÉ DÉPARTEMENTALE. Brochure in-8.................... » 30
COMMUNE ET RÉPUBLIQUE. Brochure in-8.................... » 50
COMMUNEUX. Brochure in-8................................ » 40
MONARCHIE ET RÉPUBLIQUE. Brochure in-12................ »'50
L'ASSEMBLÉE PERPÉTUELLE. Brochure in-12................ » 40
LES DROITS DE L'HOMME. Brochure in-12.................. » 80
LA RELIGION ET L'INSTRUCTION AUX ETATS-UNIS. Brochure in-12... » 50
LA DÉMOCRATIE ET LA LIBERTÉ. Brochure................. » 50
LA COLONNE. Brochure in-8............................... » 25

PAUL BRANDA

LA

VOIX DES PIERRES

CHAPELLE

TOUR DE FER — KERMORVAN

PARIS

LIBRAIRIE FISCHBACHER

Société Anonyme

33, RUE DE SEINE, 33

1892

LES NUAGES

A Aristide Frémine.

Vous les avez chassés, — d'accord : qui le conteste ?
Tous les Dieux qu'adora le monde bégayant, —
Des temples et des cœurs — Mais l'olympe géant,
Grec, Romain, Goth, Gaulois, peut-être qu'il proteste ;
Ces bannis surhumains qui sait s'il ne leur reste
    Les Nuages et l'Océan ?

O croyants enfermés dans un cercle inflexible !
O penseurs appuyés fermes sur la raison,
Contemplez fixement l'Abîme du possible,
Penchez-vous sur la mer sans craindre le frisson,
Accoudez-vous au bord de l'infini visible
    Et regardez à l'horizon !

Les voyez-vous passer, sinistres ou splendides,
Les uns tout souriants dans le ciel envolés,
Sereins parmi l'azur dont brillent leurs égides,
Montrant avec candeur leurs fronts auréolés, —
Et d'autres chevauchant des Chimères rapides,
   Noirs fantômes échevelés !

Le vent souffle et voilà que les Dieux sont en guerre !
Idéale mêlée ! O combat sans pareil !
Léviathan aboie et hurle sa colère,
Héol éclatant sort d'un nuage vermeil,
Opposant à Typhon qui vomit le tonnerre
   Pour lance un rayon de soleil !

On songe palpitant à ces Dieux des vieux âges,
On pense au vrai que nul des mortels ne trouva ;
Avec la nuit qui vient et le jour qui s'en va
Mille pensers confus montent au front des sages,
Et l'on croit voir, couvert d'un sourcil de nuages,
   L'œil flamboyant de Jéhovah !

VICTOR THÉZARD.

Août 1863.

Knocke (Belgique), 11 Septembre 1891.

MON CHER AMI,

Nous sommes loin l'un de l'autre à l'heure
qui sonne. Vous entendez les rumeurs de
l'Atlantique ; la mer du Nord, sous un doux
ciel inondé de soleil mais embrumé de vapeurs
bleuâtres à l'horizon, la mer du Nord me chante
une romance gaie et plaintive, pendant que je
vous écris. La vie humaine s'agite là comme
ailleurs, moralement plus que physiquement,
car ces vastes campagnes vertes exhalent le
silence et la paix. N'empêche qu'avec l'un de
mes amis, un artiste belge dont la présence
m'a conduit ici, nous sortons de chez le vieux
bourgmestre local, qui nous a magnifiquement

débouché une bouteille de Porto. C'est un pro-
priétaire rural, moitié paysan moitié bourgeois,
dont la bonne et fière tête exprime l'intelligence
et l'énergie. Il a fait le coup de feu avec les
Hollandais; il fut grand chasseur, même
d'hommes; il parle mal le français, mais il
connaît à fond les traditions locales et patrio-
tiques. C'est bien le vrai descendant de ceux
que Charles-Quint appelait « les dures têtes de
Flandre ». Et je me complaisais tout à l'heure
dans l'intérieur épanoui de propreté et d'aisance
où ce vieux Gaulois a passé et achève ses jours.

Avant de trouver ici quelque repos, j'ai visité
Liége, Aix-la-Chapelle, Cologne, Bruxelles,
Rotterdam, la Haye, Anvers, Amsterdam,
Gand, Bruges, que sais-je, et partout j'ai acquis
cette conviction parfaite qu'une race unique,
ou autant dire, la race gauloise, occupe bien
véritablement tous les pays qu'enveloppent la
mer, les Pyrénées, les Alpes et le Rhin. C'est à
Aix-la-Chapelle, à Cologne, en Allemagne
enfin, que cet état de choses me sautait le plus
vivement aux yeux et à l'esprit, d'autant mieux
que le sentiment de ces populations, transformé
par les querelles des princes, est violemment

anti-français. Tous ces gens appartiennent évidemment à une autre famille humaine que celle qui vit au delà du grand fleuve et se regarde, au fond, à Cologne et alentours, comme en terre conquise. J'en ai eu la vision et la réduction sous la forme d'un lourd officier prussien, sorte de géant à la figure boursoufflée, aux énormes moustaches blondes, qui traversait à cheval le pont de bateaux jeté sur le Rhin et brutalement gourmandait une troupe d'enfants. Ils gênaient, paraît-il, le passage de ce Germain.

En Belgique, en Hollande, les sympathies sont à la France : cela ressort à tous moments en mille manières...

. . . .

ARISTIDE FRÉMINE.

1er Mars 1892.

C'est étrange combien, dans l'âge tendre, la vue fréquente de certains objets contribue à la formation de la personnalité. Tel spectacle laisse chez l'enfant une trace indélébile et donne pour toujours une direction à sa pensée. S'il s'en écarte, homme fait, ce sera pour y revenir, et il s'en rapprochera d'autant plus avec les progrès de l'âge.

Je n'ai point échappé à cette règle; certaines impressions premières m'ont marqué de leur sceau pour toujours : celles des Christs, en granit, des chemins déserts et des menhirs isolés dans les garennes.

N'importe où la fortune m'a porté, dans les solitudes de l'océan ou des forêts tropicales, sous le ciel empesté de l'équateur africain ou sur le grand fleuve des Khmers, ces croix du pays, fouettées par les pluies et le vent de Sud-Ouest, m'ont hanté.

L'humidité les a revêtues d'une mousse noirâtre qui n'envahit jamais le corps du Sauveur. Usées par le temps, rongées par le climat, elles n'en évoquent que plus éloquemment des pensées de pieuse tristesse. Les sculpteurs naïfs de ces œuvres grossières y ont mis toute leur âme; aussi ces corps décharnés, d'un dessin grotesque, portent-ils des têtes d'une noblesse divine et d'une ineffable bonté.

Les calvaires des carrefours rustiques et les menhirs dressés au centre d'un vaste horizon, ont plus contribué à la détermination de ma pensée que toutes les leçons de mes professeurs. Compagnon de petits paysans crédules, dans une contrée de légendes remontant à nos origines, je me sentais plein de respect pour ces pierres mystérieuses, conservées dans leur étui de lichens vert-clair, orangé, jaune d'or.

Dans la vieillesse, personne ne l'ignore, se

ravivent les impressions des jeunes ans; l'une
d'elles me ressaisit toujours devant un monument mégalithique.

Sur une colline dénudée, en face de la mai-
son de campagne paternelle, près d'une car-
rière abandonnée, se trouvaient des pierres
disposées en dolmen; de ces pierres depuis, je
n'ai plus trouvé trace. Elles ont bien existé
cependant, mais composaient-elles un vrai
dolmen?... mon imagination les avait bapti-
sées druidiques, et, dans mon esprit, il ne
s'élevait aucun doute à cet égard.

Pendant l'été, tous les soirs je m'y rendais :
assis sur mon dolmen (ou soi-disant tel), absorbé dans une religieuse contemplation du
soleil couchant, je m'abandonnais à une absor-
bante rêverie.

. . . .

. . . .

Le ciel resplendissait de pourpre et d'or.
Dans le silence de la nature recueillie, j'enten-
dis une voix d'une douceur infinie m'appeler
par mon prénom. Surpris, je tournais de tous
côtés mes regards. J'étais seul, bien seul, hors

de portée de toute voix humaine... et trois fois lentement mon prénom, bien distinctement prononcé, retentit à mon oreille.

. . . .

. . . .

Quand ce souvenir me revient, malgré tant de froids hivers écoulés depuis lors, j'entends encore cette voix maternelle.

Depuis je l'ai appris, j'étais dupe d'un phénomène tout subjectif, l'hallucination de l'ouïe — de toutes les hallucinations, la plus commune.

C'est un des souvenirs les plus vivants de mon enfance.

Souvent je revois, conduisant à mon dolmen, le sentier d'argile jaune, tracé sur la colline, à travers le tapis sombre de courtes bruyères... par ce sentier arrive en trottinant, les oreilles dressées, le lièvre dont la venue me rendit à la réalité.

P. Branda.

CHAPELLE

CHAPELLE

Aux premiers jours de septembre 1886,
à sept heures du matin, sous l'éclatant
soleil de la Provence, dans une voiture de
place, elle, moi et son bébé, nous gravis-
sions la montagne de Notre-Dame de la
Garde.

Je lui avais dit la veille :

— Madame, je connais votre désir de
faire le pèlerinage de Notre-Dame ; voulez-
vous agréer mes services? Je suis à votre
disposition de tout cœur.

Elle avait accepté, sûre de trouver en
moi un compagnon sympathique et dis-
cret.

La veille, elle s'était séparée de son
mari parti pour la Cochinchine, d'où j'arrivais ; il allait prendre le commandement
d'un navire dont le capitaine s'était noyé

sur une barre dans une reconnaissance sur la côte du Binh-Thuan.

Tous deux nous avions nos peines : son mari la quittait pour passer deux longues années sous un climat meurtrier ; moi, j'arrivais en France portant au cœur le deuil d'une affection fraîchement brisée par une fatalité terrible.

Nous descendons de voiture et nous montons le long et monumental escalier auquel aboutit le chemin carrossable.

Au pied de la basilique, pour la détourner de ses tristesses, je lui montrai Marseille étalant au bas de la montagne la mosaïque de ses innombrables toitures de tuiles rouges, — le vieux port avec sa forêt de mâts de navires à voiles, — le nouveau port au-dessus duquel flottait, dans l'air immobile, comme un voile de crêpe, le bas nuage de fumée des steamers, — l'étroite sortie, près du phare, franchie par son mari la veille, — le château d'If évoquant le souvenir de Monte-

Cristo, — Ratonneau et sa voisine, île et îlot de calcaire où des donjons de pierres jaunes se dressent comme des revenants du passé. Surchauffées par le violent soleil du Midi, de sèches et arides montagnes jaunes entourent Marseille d'un cadre d'or incandescent. La mer et le ciel se fondent dans ce même azur intense inconnu dans le Nord.

Ce paysage lapidaire d'immenses to-pazes enchâssées dans un saphir sans limite impressionne vivement sans char-mer.

Plongés tous deux dans nos pensées, nous gardions le silence; au bout d'un instant, elle me quitta pour entendre la messe.

—

Absorbé par la contemplation de ce panorama splendide, je m'assis sur le ro-cher crayeux; bientôt je perdis conscience de ce grand spectacle, et peu à peu je tombai dans une vague rêverie.

Derrière moi Notre-Dame — la foi... à mes pieds, le positivisme moderne dans toute son âpre et implacable grandeur : un port immense, créé de toutes pièces, rempli des énormes masses flottantes des paquebots.

Le paquebot présente peut-être, sous la forme la plus saisissante, tous les progrès de notre espèce réunis en un tout. Il est la manifestation la plus tangible de cet effort continu de l'esprit, depuis les premières méditations des pasteurs de Chaldée devant le spectacle du ciel, jusqu'à la « Connaissance des temps », table des lois du firmament dressées par Kepler, Laplace, Leverrier... Il concentre en lui ces essais héroïques, reliés par une chaîne ininterrompue, de la pirogue au *Great Eastern,* de la pagaye à l'hélice Sauvage mue par la machine de Papin, appareil chaque jour perfectionné par toute une armée d'hommes de génie. Pour animer d'une vie intense ce monstre de fer plus fort que l'ouragan, il faut le concours de toutes les sciences : astronomie, physique, mécanique, métallurgie, hygiène, mais de toutes les sciences portées à leur apogée... Ce léviathan est la synthèse animée de toutes les connaissances et de tous les arts, de toutes les connaissances dont le compas et le sondeur Thomson sont les dernières merveilles, de tous les arts de luxe appelés à le décorer. Que de problèmes il a fallu résoudre pour arriver à la solution de ce problème d'un énoncé si simple : transporter par mer, d'un point à un autre du globe, un voyageur ou un colis !... Le paquebot est la plus étonnante création de notre époque si riche en créations étonnantes, parce qu'il est la combinaison singulièrement complexe de la plus grande variété de travaux.

Derrière moi le passé avec ses fanatismes, son ignorance, ses superstitions, ses férocités... mais aussi avec sa grandeur naïve, sa simplicité touchante, ses héroïsmes, ses caractères fortement trempés; — devant moi la science et l'industrie.

Je me sentais emporté par la puissance de ce courant moderne, tout en réfléchissant au peu de bonheur qu'il apporte à l'humanité.

—

Faisant un retour sur moi-même, je me rappelai mon enfance tout imprégnée de l'esprit aimant et doux de la grande légende chrétienne; à l'âge viril la science m'avait enivré, et maintenant — la vieillesse venue — je flottais tantôt épris de ce grand mouvement intellectuel de notre temps, tantôt captivé par la noble légende de la Croix... sentant, au déclin de la vie, combien la science inflexible et desséchante calme peu les angoisses du cœur, combien aussi les doctrines des Églises irritent la raison.

Tantôt je revoyais le grand Christ dolent et meurtri, aux pieds duquel j'ai versé tant de larmes consolantes, — tantôt tintait à mes oreilles la réconfortante et magnifique parole de Proudhon :

Après la constance de la vertu dans l'adversité, il n'est rien de si grand que la constance de la raison dans l'incertitude.

—

Puis la rêverie côtoyant l'hallucination, je me trouvai sous le ciel pur et calme des tropiques, à l'abri d'un toit de feuilles de palmier d'eau.

Couché sur des nattes, je respirais délicieusement l'air frais du soir.

A ma gauche, dans le grand bois, j'entendais le bramement des cerfs, le lourd pas de l'éléphant brisant devant lui les branchages ; au loin, le rugissement du tigre grondait. Près de la paillotte, après avoir dételé les chars de notre escorte, des Siamois, groupés autour des feux de bivouac, surveillaient leurs attelages de bœufs trotteurs. Du zénith, le croissant de la lune versait sa calme lumière sur les ruines colossales d'Ang-Kor-Wat.

. A mes pieds grimaçaient de gigantesques lions de pierre, gardiens de la chaussée colossale qui traverse l'immense fossé dont s'entoure le merveilleux monument, comme d'une ceinture protectrice.

La légende d'Ang-Kor-Wat me revint à la pensée :

Le transport clandestin par Indra de Divine Auréole, dans le céleste séjour, avait excité la colère des anges ; incommodés par la désagréable odeur d'un homme, ils réclamaient du maître du ciel l'expulsion de ce nauséabond importun.

Divine Auréole, au désespoir, ne pouvait se résoudre à quitter les cinq tours d'Indra, revêtues de pierreries enchâssées dans l'or, la musique des triples orchestres, ni surtout les chœurs de ces nymphes qui, belles,

élancées, fraîches et souples, dansent char-
gées d'ornements, évoluent gracieuses, tantôt en groupes et tantôt isolées. Il pleurait
à la pensée d'un éternel adieu au jardin
Manda, où ces divines créatures lancent
aux échos leurs notes joyeuses. Dans ce
jardin croît l'arbre Parichal, aux fleurs
rouges, sous lequel Indra, dans une existence antérieure, fit d'abondantes aumônes.
Les nymphes ravies s'emparent en nageant
des fleurs aquatiques pour les tresser en
guirlandes. Drapées d'une fine écharpe, de
célestes beautés s'avancent légères, cueillent
les corymbes du blanc jasmin et les tissent
en forme de kennareys, les belles femmes
aux pattes d'oiseau.

De toutes parts retentissent les chants et
les éclats de rire de ces folâtres. Superbe
d'attitude, imposante comme leur reine,
l'une d'elles conduit ses compagnes sou-
riantes au bassin de plaisance où resplen-
dissent les fleurs de lotus.

Divine Auréole, le cœur plein d'amour,

repousse l'idée du départ; les yeux remplis de larmes, il supplie Indra de ne le point chasser du céleste séjour.

Mais la foule des anges réclame avec insistance; la rébellion fermente parmi ces esprits obligés de se boucher le nez.

Alors Indra, pour consoler son fils, lui éleva ce monceau colossal de bijoux de pierre, dont la lune éclaire sous mes yeux les débris.

Puis je vis errer autour des pagodes dorées, inscrutées de mica, lançant au soleil les feux du diamant, les bonzes dont les robes jaunes tranchent sur le corps bronzé. Les gigantesques bouddhas dorés m'apparurent accroupis sur l'autel, les jambes croisées, absorbés dans une vague contemplation. Leur impassible visage exprime merveilleusement cet état de l'âme prise de l'avant-goût du nirvâna, isolée du monde extérieur, diluée dans l'infini. Je songeai à Çakia-Mouni, dont l'amour sans bornes, embrassant la nature entière, consola les hommes par la perspective de la diffusion dans le Grand Tout.

—

Le coup de sifflet d'un paquebot annonçant son départ, cri déchirant poussé par une poitrine de fer, me tira de ma rêverie et je pensai :

L'homme est né pour agir et non pour s'atrophier dans l'hébétement de l'extase ; — l'amour infini de Çakia-Mouni plane sur les pays des cruautés atroces ; — la doctrine du dédain transcendant n'a engendré que le despotisme et l'imbécillité.

Enfin, je songeai avec amertume à une autre grande religion éteinte, celle de nos aïeux : elle compte à peine aujourd'hui quelques adeptes dans le pays de Galles, dans la verte et triste Erin, et parmi de pauvres paysans du département de Saône-et-Loire.

Elle était l'antithèse du bouddhisme.

C'était l'exaltation de la personnalité humaine en face du Grand Tout, de la liberté devant le mécanisme de la nature. A l'immobilisme du monde extérieur elle opposait le progrès constant de l'homme vers la perfection absolue... progrès commencé sur la terre dans le cercle d'Abred (le cercle de la liberté), indéfiniment poursuivi dans les existences ultérieures du cercle de Gwynfyd (le cercle de la béatitude).

Le bouddhisme est la religion de la contemplation ; le druidisme, la religion de l'activité. Le premier est la religion de la résignation ; le second, la religion du combat, de la bravoure joyeuse, du mépris de la mort. Aussi, aux fils de la vieille Gaule, contrée par excellence de la foi dans l'homme considéré comme un être libre, actif et responsable, échut l'honneur de proclamer les Droits de l'homme, ce décalogue de la société moderne.

En Irlande, au pays de Galles, à travers

toutes les persécutions depuis la conquête romaine, des âmes d'élite, de grands cœurs ont conservé, malgré tous les périls, les dogmes de nos ancêtres. Là les successeurs des bardes veillent sur le dépôt sacré. En France, quelques charbonniers demi-sauvages, d'humbles manœuvres des champs ont seuls conservé la tradition druidique.

—

Un incident bizarre, dont ma mémoire garde l'ineffaçable empreinte, se représenta tout à coup à ma pensée comme un souvenir vivant.

C'était en 1871, l'année sombre ; on avait conclu la paix, la France payait sa rançon par l'abandon des meilleurs de ses enfants. La loi de l'expiation, dit un proverbe cambodgien, gouverne le monde. Les fatalités dans l'ordre politique sont la conséquence naturelle de la lâcheté publique. Au coup d'État, pour ne point troubler sa digestion tranquille, un moment interrompue par le problème de 1848, le pays avait livré sa liberté ; maintenant il cédait un fragment de la patrie...

Inoccupé, en proie sans dérivatif aux réflexions les plus amères, je me décidai à chercher un refuge au sein de l'austère nature des environs de Portzpoder, où l'âpreté des côtes battues par les flots rageurs s'harmoniserait avec ma misanthropie.

Au moment où j'entrais dans l'unique et misérable auberge du bourg, en sortait un homme singulier de vêtement et d'allure, un étranger, sans doute. Sur le dos d'un habit noir râpé tombaient ses longs cheveux blancs, échappés d'un chapeau cylindrique à bords étroits, aux poils rebroussés, d'une hauteur démesurée, d'une couleur sans nom. Pour compléter l'accoutrement : cravate blanche, gilet blanc à la Robespierre largement épanoui, pantalon jaune enfoncé dans des bottes éculées ; quant au facies :

visage sanguin rasé, énormes favoris blancs
en éventail lui cachant les épaules, grands
yeux bleus perdus dans le vague. En dépit
de toutes ces excentricités de costume et
de tenue, sa démarche assurée, sa haute
stature, sa contenance altière imposaient
le respect. Il étonnait sans prêter au rire.

L'étranger régla ses comptes sans mot
dire, prit le chemin de la côte et dispa-
rut.

Depuis je l'ai vainement cherché sans en
trouver la trace.

Je demandai à la femme de l'auberge
(une vieille connaissance) quel était cet
étrange pèlerin.

Elle me répondit :

— A ce que j'ai compris, c'est un Saxon
d'Irlande.

Pour la brave femme, un Irlandais est
un Anglais, et tout Anglais est un Saxon.
En effet, nos Bas-Bretons des côtes voient
encore des Saxons dans nos voisins d'outre-
Manche (ils les appellent *Saoҳon*), et les

détestent comme tels... Ils ont la mémoire longue.

Elle ajouta :

— Il parle un drôle de breton ; ça n'est ni le breton de Léon ni le breton des Kerns, pas même celui de Tréguier ou de Vannes ; malgré ça, nous nous comprenions. Il est venu dans le pays visiter les dolmens et les menhirs des environs ; ça doit être un païen, car il fait ses dévotions devant ces pierres comme devant Notre-Dame de Landunevès ou l'autel de Saint-Samson. Il allait souvent au menhir de Kergadiou, celui du haut de la côte, à bonne distance derrière le bourg.

Quand je venais à Portzpoder, la promenade à ce menhir était une de mes courses favorites ; car j'ai toujours eu — et cela dès ma plus tendre enfance — pour ces vieilles pierres, une religieuse vénération.

Fort intrigué de ma rencontre à Portzpoder, je pris machinalement le chemin du menhir; quel ne fut pas mon étonnement de lire, au bas de la pierre levée, cette inscription assez fraîchement barbouillée au pinceau avec de l'encre :

L'UNION DES CELTES EST LE SALUT DU MONDE

Comme tous les monuments mégalithiques — en Bretagne du moins — le menhir de Kergadiou s'élève sur un point culminant d'où l'on embrasse un vaste horizon. Les prêtres de ces temps reculés élevaient les pierres sacrées dans des lieux arides, au milieu des bruyères rabougries. Leur répugnance pour les images taillées de main d'homme et les temples couverts les portait à rechercher les larges espaces, afin que le théâtre de l'adoration rappelât par son étendue la grandeur de celui à qui elle s'adressait.

Au-dessous de l'inscription, je ramassai, oublié, ou plutôt jeté à dessein, un étui de fer-blanc d'où je retirai un manuscrit de quelques feuilles, simple copie à la main,

d'ailleurs sans commentaires, des *Mystères
des Bardes*.

C'est notre seule donnée un peu précise
sur la religion de la patrie gauloise.

Sans doute on ne peut faire remonter
l'authenticité de ce document au delà du
XIIe siècle, sans doute encore il a subi l'influence chrétienne ; son importance n'en
est pas moins réelle. On peut, en effet,
démêler fort aisément dans les *Triades* la
part du christianisme et la part des
croyances antérieures. Comme l'a dit avec
infiniment de raison Jean Reynaud : dans
les *Mystères des Bardes*, il est rationnel
d'attribuer au génie chrétien tout ce qui
concorde avec les dogmes de l'Église ; en
revanche, toutes les propositions con-
traires appartiennent manifestement au
druidisme, surtout la doctrine si profon-
dément originale de l'évolution des âmes.

Après avoir feuilleté le manuscrit, je
redescendis du menhir, regardant, sans les
voir, la mer et les rochers. Abîmé dans un

océan de réflexions nouvelles, n'appar-
tenant plus à notre monde, je m'avançais
comme un somnambule. Le drame lugubre
de 1870-1871 m'apparut comme l'aurore
de la régénération de l'Occident. Cet effon-
drement devint pour moi le prodrome de
la reconstitution des Gaules. C'était l'ense-
velissement de la graine sous la terre, en-
sevelissement nécessaire pour faire surgir
du germe la plante nouvelle, robuste et
féconde. La renaissance de la Germanie
appelle la renaissance des Gaules. La défaite
d'Iéna fut le berceau du grand empire
d'Allemagne; le grand empire des Gaules
naîtra de la défaite de Sedan. La France
jouera dans la famille des Celtes le rôle de
la Prusse dans la famille des Germains.

Et, depuis ce jour-là, le rêve de la confédération des Gaules m'obsède. . . . . . .

. . . .

—

. . . .

Voilà comment, de corps, devant la basilique de Notre-Dame de la Garde, où mes regards flottaient sans rien voir du grand panorama de Marseille, j'errais en esprit autour du menhir de Portzpoder.

Le coup de sifflet strident du paquebot retentit encore... je tressaillis et revins à la réalité. Je me rappelai le but de ce pèlerinage et ma triste compagne, sans doute en pleurs devant l'autel. Secouant tous mes rêves, je gravis le dernier escalier de la chapelle. L'intérieur rutilant de la basilique s'accordait bien avec le goût des méridionaux. Entre le nord et le midi de la France, la différence de tempérament est aussi marquée qu'entre Stockholm et la Mecque. Quel contraste entre ces dorures étincelantes, ces arabesques coloriées et le sombre intérieur de granit fouillé en dentelle de nos églises de Bretagne ! Combien s'harmonisent l'homme et les objets qui l'entourent — harmonie produite par une réaction mutuelle; car si le milieu fait l'homme, l'homme fait le milieu.

De larges ouvertures, pratiquées au-dessus du chœur dans une coupole invisible de la majeure partie de la chapelle, inondent de lumière l'autel et la haute statue de Notre-Dame avec l'enfant Jésus.

Ma compagne de route, à genoux, le visage entre les mains, disparaissait sous son chapeau de paille ; le tressautement de ses épaules décelait ses sanglots.

Près d'elle, Bébé, de ses grands yeux étonnés, regardait l'autre bébé sur les bras de la grande dame lumineuse.

Le mouvement saccadé des épaules cessa, les brusques contractions de la poitrine s'arrêtèrent ; lentement, la consolation descendait en cette âme.

Oui, c'est vrai, Notre-Dame est un mythe, mais la douleur est une réalité... et si le mythe console, il devient réalité, réalité vivante...

Je la laissai pleurer encore, car les larmes

2.

accompagnées de prières calment souve-
rainement la douleur. Descendant l'escalier, sous la chapelle, je pénétrai dans la
crypte ténébreuse où les cierges des fidèles
éclairent de rouges lueurs un grand Christ
saignant en bois peint.

—

Le crucifix ne me laisse jamais indiffé-
rent.

Quand je vois Jésus expirant, la tête
affaissée sur l'épaule, il me semble accablé
d'une douleur plus aiguë que celle de la
couronne d'épines, brisé par une torture
plus atroce que celle des verges et du cru-
cifiement : l'anxiété du sacrifice.

La mort volontaire au profit d'une idée,
quand on ne doute pas du triomphe, enivre
de joies supérieures à l'amertume de la
mort ; mais le doute, dans le sacrifice, là
est le tourment.

Qui sait si, expirant sur le bois, il n'a

pas eu le pressentiment de son étrange métamorphose ?

S'être fait clouer, entre deux bandits, sur le gibet des esclaves, pour donner un Dieu aux humbles et aux petits, et devenir le protégé de tous les orgueils, de toutes les cupidités...

Se déclarer l'implacable ennemi des pharisiens, pour recevoir l'encens des hypocrites...

Combler de la plus tendre amitié la touchante pécheresse, pour être transformé en fétiche de pierre par les dévotes au cœur trempé de fiel...

Mourir pour régner à tout jamais par l'amour, et faire couler des torrents de sang...

Pour toute foi, proclamer une confiance sans bornes dans l'infinie bonté du Père, pour tout culte l'amour du prochain... et engendrer la scolastique...

Porter dans son cœur la religion de l'idéal sans formules et sans prêtres, pour en pressentir l'étouffement sous les plus niaises pratiques...

Voilà le martyre.

— Pauvre Dieu, m'écriai-je en moi-même, après avoir pâti sur la terre, tu gémis dans le ciel de voir consolider en ton nom l'édifice d'iniquités que tu as voulu renverser.

—

Soudain, les paupières du Christ s'entr'ouvrirent et laissèrent tomber sur moi un regard tout imprégné de pitié.

Alors une vieille femme s'avança en cornette blanche, robe de bure, un châle de coton imprimé sur les épaules ; des cheveux blancs bien lisses encadraient sa bonne figure jaune et ridée. C'était la pauvreté digne, ce qu'il y a de plus noble au monde. Elle s'agenouilla, saisit les pieds sanglants du crucifié avec une ferveur passionnée et les couvrit de baisers.

Les yeux du Christ brillèrent en ce moment de l'éclair du triomphe, et son regard me dit :

— Tu vois, je suis vivant, puisque l'on m'aime... Depuis mille huit cents ans je vis... je vis, car je console.

Et des cendres de mon âme éteinte, je sentis jaillir un rayon de la ferveur de mon enfance, quand je priais devant le Consolateur.

A mon tour, j'éprouvai le besoin de poser mes lèvres sur ces pieds transpercés, baisés par la bonne vieille; je me courbai...

—

En ce moment, le sacristain, une bougie à la main, me tira par la manche et me dit d'un ton nasillard :

— Monsieur a derrière lui une admirable statue de Pie IX en marbre blanc; j'appelle toute l'attention de monsieur sur les broderies du surplis...

Ah! sacristains! brocanteurs de choses saintes, Jésus vous a en vain chassés du temple à coups de fouet, votre maudite engeance prospère et pullule toujours.

Brusquement arrêté dans mon élan religieux, je m'éloignai avec un geste de mauvaise humeur.

Le cuistre ne comprit rien à mon impatience... Dans l'espoir d'une chance meilleure, toujours nasillant, la bougie à la main, il reprit son agaçante kyrielle :

— Voici une autre statue, encore du plus beau marbre blanc : elle représente monseigneur de Mazenod, évêque de Marseille...

—

Du coup je tournai les talons et m'enfuis en plein air.

Qu'ils sont maladroits, ces rats d'église !... A tout autre moment, l'histoire de monseigneur de Mazenod m'eût touché.

Marseille grouillante s'étalait devant moi

comme le triomphe du positivisme moderne.

Je me rappelai cette parole d'un penseur :

« Le prêtre devient de plus en plus impossible, et le ministre de plus en plus superflu. »

C'est la grande douleur du siècle, cette implacable lutte de la science et de la foi.

Comment réconcilier ces deux immortelles?

Qui sait si cette réconciliation est à désirer?... La lutte et la souffrance ne sont-elles pas la condition même du progrès dans l'humanité?

Peut-être ce douloureux débat, entre les deux éléments les plus élevés de notre nature individuelle, trouve-t-il sa synthèse dans la conscience plus compréhensive et plus haute de la nation ou de l'humanité?

N'importe, en dépit des savants d'un côté, des sacristains de l'autre, la sainte légende chrétienne sera l'éternel aliment moral de notre espèce ; dans l'infini des temps, Jésus vivra dans les cœurs altérés de justice.

La croix lumineuse, surmontant le menhir, comme le feu d'un phare sur sa colonne, rayonnera sur l'Occident régénéré par l'union des Celtes et la confédération des Gaules.

. . . .

—

Je gravis l'escalier pour monter à la chapelle ; elle priait avec ferveur, mais avec calme maintenant.

Bébé, qui s'ennuyait, la tira par la manche.

Elle m'aperçut et pensa que je l'avais longtemps attendue.

Elle se leva.

Notre-Dame venait d'accomplir un nouveau miracle, car ma compagne redescendait l'âme rassérénée.

Le chemin de fer et le télégraphe —
même avec le café-chantant — ne suffisent
pas aux besoins de notre complexe nature... complexe toujours, contradictoire
souvent.

———————

LA TOUR EIFFEL

ET

LE MENHIR DE KERVÉATOUS

LA TOUR EIFFEL

ET

LE MENHIR DE KERVÉATOUS

———

Aux antiquaires et aux archéologues de discuter la signification et l'antiquité des menhirs et des dolmens, c'est leur affaire et non la nôtre. A eux de décider si l'on doit les nommer *monuments mégalithiques* ou *monuments druidiques*. A tort ou à raison, le sentiment populaire leur attribue un rôle capital dans le druidisme et cela seul importe à notre but.

Pour nous, le fait dominateur est celui-ci : dans le pays de Galles, l'association actuelle des bardes se relie par une chaîne ininterrompue aux bardes antiques. Il existe donc une tradition sans lacune remontant au druidisme. Si le druidisme n'éleva pas les monuments mégalithiques, il les adopta.

Quelle fut cette religion antique? Nous ne sommes pas en mesure de le préciser; la tradition galloise nous permet seulement d'affirmer qu'elle avait pour base la doctrine de la transmigration des âmes.

Deux faits demeurent incontestables : l'homogénéité du corps des druides, l'absence de toute image dans le culte gaulois antérieurement à la conquête romaine. Or, pour servir plusieurs dieux, on ne conçoit guère un clergé unique. De là ce caractère tout spécial de la religion de nos pères, la croyance au Dieu un et incorporel, le dogme de la continuité de la vie dans des existences successives.

Pour nous, qui croyons à une révélation immanente, universelle et continue, nous attachons une importance secondaire aux questions archéologiques. Nous prenons pour point de départ la doctrine des bardes gallois. Ce n'est point là, dira-t-on, la religion des vieux druides. A coup sûr, la doctrine résumée dans les *Mystères des bardes* n'est pas celle de l'époque des sacrifices humains; c'est cependant bien le même fond religieux, épuré par l'influence chrétienne. Ce dépôt sacré, conservé mais amélioré par les bardes, n'est point non plus le dernier mot de l'élaboration religieuse; — l'évolution religieuse, comme toutes les autres, est éternelle.

Telles étaient les réflexions auxquelles je me livrais en arpentant la route de Saint-Renan à Kervéatous, dans mon pèlerinage au plus beau menhir actuellement debout sur le sol de la Gaule. Pour accomplir cet acte de dévotion, j'avais d'ailleurs choisi le solstice d'été en commémoration du culte de nos pères qui faisaient, à cette époque de l'année, l'offrande du feu au Dieu invisible.

Conformément à sa politique d'adapter, dans la mesure du possible, l'ancien culte au culte nouveau, l'Église a conservé cette cérémonie en la consacrant à saint Jean.

Le symbolisme est un besoin de notre nature; on peut le critiquer, en réprimer les abus; on ne le supprimera pas, parce qu'il est un des éléments mêmes de notre être. Il évolue. Le symbole change avec le temps, avec les nouveaux besoins spirituels de l'humanité; mais nous avons et nous aurons toujours des symboles. Ainsi le drapeau est le symbole de la patrie, et, grâce à Dieu, ce symbole est encore vénéré.

C'est une tendance innée chez l'homme de donner aux idées une forme concrète; elle a ses dangers, mais elle est une nécessité, par cette raison que nous ne sommes pas de purs esprits. La quintessence de l'art est de donner un corps à l'abstrait.

Le symbole naturel de l'union spirituelle des Celtes est le menhir — comme le sanglier (l'enseigne gauloise) est le symbole de leur union guerrière — sans rien préjuger, je le répète, sur l'affectation originaire de ces antiques monuments, menhirs et dolmens, ni sur l'époque de leur apparition sur le territoire de la Gaule. Le menhir, par droit de légende, est le représentant de l'antique religion des Celtes, cela suffit.

Avant d'arriver au menhir, je passai devant un bois de haute futaie, très ancien à en juger par ses vieux ifs. Sous les grands ifs, les chênes séculaires, les hauts sapins, pousse une herbe courte, fraîche et drue. Ce sont les descendants, sans doute, d'une antique forêt consacrée au Dieu qui remplit seul l'infinité et l'éternité du *ceugant*. Entraîné par un attrait irrésistible, je pénétrai sous la voûte solitaire du grand bois, et je compris toute la profondeur du sentiment religieux de nos pères par leurs consécrations, à l'Être suprême et souverain, de ces forêts mystérieuses dans lesquelles ils entraient chargés de chaînes, comme signe de leur dépendance et de leur humilité.

Combien est supérieur, ce redoutable Tout-Puissant intangible, aux Jupiter lascifs, aux Vénus impudiques des Grecs et des Romains.

Sous cette ombre, dans ce silence, j'éprouvai la terreur sacrée des Gaulois qui, là, plus particulièrement, se sentaient enveloppés par l'invisible omniprésent. Ému comme eux par le divin de la forêt, j'eus la révélation de la sévère beauté du symbolisme druidique ; je saisis dans toute sa plénitude la haute signification du culte de nos aïeux pour le gui de chêne, image si juste de l'âme humaine qui vit de sa communion avec l'Être des êtres, en conservant son individualité propre, comme le gui vit de la substance du chêne et puise, dans son magnifique support, la force, la vie et cette verdure continue, figure de l'immortalité.

En sortant du bois, je marchai entre deux haies d'ajoncs constellés de fleurs d'or ; l'ajonc doit, à sa propriété de fleurir l'hiver et l'été, l'honneur de représenter l'amour — peut-être bien aussi à ses piquants terribles. Je foulai, en marchant, un souple tapis violet de fleurs de digitales accumulées par les enfants du village aux approches d'un bûcher élevé gaiement par des hommes de tout âge et des femmes, s'apprêtant à tourner autour du feu de joie, de longues herbes à la main, suivant des rites tant de fois séculaires.

Et je répétai l'invocation au feu du barde Taliésin :

« Il s'avance impétueusement, au galop dévorant, le feu à la brillante flamme.

« Il monte d'un vol farouche.

« Ta fureur est celle de la mer ; quand tu t'élèves, les ombres s'enfuient. »

. . . .

. . . .

J'avais marché très vite sous la chaleur pesante, bien que le disque du soleil approchât de l'horizon ; je m'allongeai donc voluptueusement sur l'herbe pour me reposer en fumant une cigarette devant le beau menhir.

Il se dresse vers le ciel en forme de glaive.

Ainsi que la plupart des monuments mégalithiques, le menhir de Kervéatous repose sur la croupe d'une colline. Il devait se voir de loin, quand la campagne n'était point encombrée par les nombreux obstacles d'une civilisation avancée. Du pied de la pierre vénérable, on embrasserait un vaste horizon, si la vue n'était point immédiatement bornée par des halliers. Ces halliers l'encadrent dans un champ de gazon et de genêts à peine sortis de terre ; rien n'en distrait les regards ; on est en tête à tête avec ce noble débris d'un culte mort.

Un lapereau s'ébattait, semblable aux lapins ses ancêtres du temps de l'inauguration de l'austère monument ; combien les hommes ont changé depuis lors !...

Une alouette montait en chantant dans le ciel et se perdait dans l'azur comme l'âme qui s'envole vers l'astre où elle doit revivre.

Aucun bruit — c'était le calme des champs à la chute du jour; dans un ciel sans nuages, le soleil disparaissait sous l'horizon en feu.

Plongé, par la fumée de la cigarette et le bien-être du repos, dans cet état intermédiaire entre la veille et le sommeil où l'on commande à ses rêves, où la faculté d'évocation se développe intense, je promenais ma pensée dans un milieu fantastique, composé des objets environnants et d'images photographiées dans mon cerveau, soudain éclairées par une lumière intérieure très vive.

Je jouissais à la fois du charme pénétrant de la campagne au crépuscule et du grouillement d'une foule bigarrée, élégante, émaillée de femmes toilettées; le tapis d'herbes, parsemé des clochetons de fleurs de digitales, se déroulait sous mes yeux en même temps que les dômes étincelants et les féeriques palais de la cité bleue ; la tour Eiffel et le menhir de Kérvéatous se détachaient à la fois sur les feux du couchant.

La tour Eiffel et la citée bleue s'emparèrent peu à peu si bien de ma pensée que j'en vins à les voir aussi distinctement que si je me promenais de ma propre personne autour du bassin des fontaines. Avec les yeux de l'esprit, je revoyais le spectacle de l'Exposition avec une telle vérité, les impressions suggérées lors de ma visite se produisaient avec tant d'éclat, mes pensées revêtaient une forme si concrète, que je ne me rendais plus compte du lieu où j'étais, ni du décor que j'avais sous les yeux — et j'aurais été fort embarrassé de dire lequel je voyais le plus distinctement, la tour ou le menhir.

Et tandis que ces formes si différentes se présentaient simultanément dans une vision très nette, toutes les idées que ces formes soulèvent tourbillonnaient autour.

Dans la fumée de ma cigarette s'agitait un chaos de sensations renouvelées, dans mon esprit une mêlée de pensées galopait à travers l'espace et le temps, de l'âge de pierre à l'heure présente, de Paris au champ où j'étais étendu sur l'herbe.

Nous ne saurions assurément trop respecter la science et la raison, mais à la condition de ne point leur permettre d'étouffer l'imagination et le sentiment; ce serait une mutilation trop cruelle de l'être humain.

Aujourd'hui la science et la raison s'accordent dans un même mépris pour les visionnaires et demandent à les conduire à la Salpêtrière ou à Charenton. Mais de ce que les fous et les hystériques ont des hallucinations, est-il logique de conclure que les gens sains de corps et d'esprit ne peuvent avoir de visions ?

Qui n'a pas eu de visions ?... S'il est de telles gens — ce que je me refuse à croire — je les plains de tout mon cœur. Quant à moi, j'en ai sans cesse, sans me croire un être exceptionnel — bien au contraire. A mon sens, les personnes dépourvues de cette faculté constituent une minorité aussi infime que les aveugles dans la vie commune. Comme ces derniers, ce sont bien des infirmes, ces malheureux aveugles de l'œil intérieur. Ce phénomène de la vision ne semble rare que faute d'observation suffisante : il se manifeste avec évidence dans tout état de surexcitation mentale. Il est le produit à peu près inévitable de la tension d'esprit, de la réflexion prolongée, de l'attention soutenue.

La science et la raison, en enrichissant d'une part notre domaine, l'auraient bien appauvri de l'autre, si, en développant certaines de nos facultés, elles en atrophiaient de non moins précieuses. Grattez le rationaliste, vous retrouvez le fétichiste et le visionnaire.

Le fétichiste et le visionnaire, d'ailleurs, se donnent toujours la main.

Qu'est-ce que le fétichisme? — La tendance à prêter une âme aux objets... puis, par une pente naturelle, à les douer de propriétés mystérieuses.

Quel est l'homme pur de tout fétichisme? Je n'en ai point rencontré. Tous ne le sont pas, je l'avoue, au degré de Henri Rivière, le malheureux héros du Tonkin. Ce boulevardier railleur, ce lettré sceptique, n'aurait jamais vidé son verre, même devant qui que ce fût, sans une petite cérémonie bizarre à laquelle il attachait une importance capitale. Il attribuait un fétiche spécial à la plupart de ses actes. Rivière ne se serait pas approché d'une table de jeu (Dieu sait s'il les approchait souvent) sans un morceau de corde de pendu (objet bien facile à se procurer au Tonkin).

Sans doute ces fétichistes exagérés sont rares, j'en ai cependant rencontré parmi de soi-disant matérialistes. Mais celui-là (l'infortuné!), chez qui on ne trouvera aucune trace de fétichisme, n'a jamais aimé une femme — comme amante, épouse ou mère.

Quand la passion s'empare d'un homme, il retourne au fétichisme, élément primordial de notre être. C'est un sentiment fétichique qui nous pousse à baiser une relique autrefois touchée par des mains vénérées.

Le fétichiste sent en lui la vie, la conscience et la liberté, et, les sentant en lui, il les met partout; il les voit dans le fleuve qui roule ses eaux rapides, dans l'arbre qui pousse, dans la montagne dont la grandeur l'écrase, dans le crocodile qu'il redoute.

La conception du fétichiste, qui voit la liberté partout, est-elle plus absurde que celle du savant qui ne voit la liberté nulle part?

Nous ne sommes pas des abstractions; nous sommes, grâce à Dieu, des êtres voulant, sentant, aimant... nous sommes des êtres doués d'imagination, de désirs infinis, et, pour nous, le monde de la science est une prison trop étroite.

Et si la science a la prétention de nous faire nous mouvoir automatiquement dans un monde mécanique, ses prétentions seront vaines; elle n'arrivera jamais à émasculer assez notre nature pour nous empêcher de vivre dans un monde d'imagination, d'intelligence et de liberté.

En somme, lequel est le plus réel, le plus certain de ces deux règnes : le règne de la mécanique ou le règne de la liberté? — Le règne de la liberté assurément.

La vérité se trouve dans cette formule : l'Univers se compose de trois mondes superposés, le monde de la mécanique, le monde de la vie, le monde de la liberté.

Est-ce le même monde envisagé sous trois points de vue divers? — Mystère. Peut-être pour des intelligences supérieures, pour l'intelligence divine, ces trois mondes se fondent-ils en un seul?... Nous n'en savons rien et n'en pouvons rien savoir. *Pour nous, hommes,* pour nos facultés de percevoir et de connaître, ces trois mondes sont distincts, quoique coexistants.

L'éminent physicien Hirn émet la même pensée sous une autre forme :

L'Univers, dit-il en substance, se compose de l'éther, des forces et des âmes.

En fait, la science la plus avancée, après un long détour, revient, pour ainsi dire, au fétichisme, quand, avec Hæckel, elle donne une âme à la simple cellule. D'après la théorie moderne, le végétal a une âme qui dispose à son gré de la petite quantité de travail positif des forces qui s'exercent entre ses éléments constitutifs. Quand le darwinisme ajoute : « Tous les vivants sont cousins, » il reproduit encore une donnée fétichique, la conscience qu'a l'homme primitif de sa parenté avec tous les êtres.

Nous sommes fétichistes, symbolistes, visionnaires, comme nous sommes des êtres buvant et mangeant, sentant, aimant et voulant. C'est ainsi que, par un enchaî-

LA TOUR

Calmez-vous, vénérable vieillard, la jalousie vous aveugle, quand vous ne voyez dans les foules réunies par ma renommée qu'un troupeau de badauds et de cocottes. J'ai soulevé l'enthousiasme des savants, et, sans vous offenser, vous me permettrez de classer au-dessus de vos barbares obtus, si braves qu'ils fussent, mon intelligente clientèle d'ingénieurs.

LE MENHIR

Ah ! oui, parlez-moi de vos ingénieurs; ils me font rire... A eux tous, ils n'ont pas été capables de dire comment on m'a mis en place. Votre père, M. Eiffel lui-même, serait bien embarrassé si on le chargeait de me porter ici et de me dresser avec les moyens de mon temps. On ne connaissait pas alors tout ce bric-à-brac, sans lequel les nouvelles générations ne savent plus rien faire. Il n'y a plus d'hommes aujourd'hui, la terre se peuple de machines, les hommes passent à l'état de manches d'outils.

LA TOUR

Je suis fille de l'intelligence ; de là ma grandeur. Je domine tous les monuments de la cité reine comme le chêne domine l'herbe. Les Pyramides me vont à peine à la ceinture, les tours de Notre-Dame au genou, et toi, vieux barbon, tu n'atteins pas ma cheville... Tu es un monument de nains, à la taille des petits Korrigans qui dansent autour de toi au clair de lune. Il me faudrait me baisser pour te bien voir, pauvre petit... Qu'es-tu dans l'espace ?

LE MENHIR

Et vous dans le temps ?... Vous êtes née d'hier, madame la parvenue ; de là votre vanité. Je suis, moi, de vieille roche. J'assistai à la naissance de la libre Gaule, j'ai connu Hu Gadarn, le père de la noble race, l'Abraham de la foi celte. J'ai vu crouler bien des empires, j'ai assisté à bien des métamorphoses de l'humanité. Depuis longtemps toute votre ferraille se sera effondrée dans la rouille et je m'élancerai toujours vers le ciel dans mon inaltérable sérénité... et cela durera tant que la terre, brisée ou dissoute, n'aura pas dispersé ses débris dans les champs de l'éther.

LA TOUR

Admire l'agencement de mes innombrables organes... Pour me concevoir, pour dresser le plan de mon être, il a fallu des volumes de calculs et des montagnes de dessins. Je suis la triomphante personnification de la puissance des mathématiques, ce produit pur de la pensée humaine.

LE MENHIR

Et vous, madame, admirez ma simplicité. Je ne suis pas, comme vous, le résultat complexe des derniers progrès de la science et de l'industrie ; je ne suis pas composé comme vous d'une infinité de pièces calculées et ajustées avec une précision idéale. Je suis un, et cette unité est le gage de ma durée. Je suis le symbole de l'immortalité humaine ou plutôt de la négation de la mort ; car les Celtes considéraient ce phénomène, que vous nommez la mort, comme un accident sans importance de l'immortelle vie. Aussi mouraient-ils avec le sentiment d'un homme qui rejette une guenille pour revêtir un manteau éblouissant. Voilà pourquoi le monde antique appelait la Gaule « la nation qui ne craint pas la mort ». Votre élévation vous donne le vertige, vous en perdez la tête, monument d'orgueil.

LA TOUR

Et toi, de superstition.

LE MENHIR

Amas de matériaux sans principe et sans idéal.

LA TOUR

Sans idéal !... Je représente le génie humain et la libre pensée.

LE MENHIR

Vous représentez la libre pensée qui divise les hommes et moi la foi qui les unit.

LA TOUR

La foi !... la foi !... c'est la bêtise humaine ou, si tu préfères, le narcotique de l'esprit. Les peuples se momifient dans la foi, et là où l'esprit n'est pas constamment tenu en éveil par les luttes de la libre pensée, il tombe en léthargie. Je suis la science, c'est-à-dire l'esprit se mouvant dans le concret. L'imagination, qui ne se trempe pas à tous moments dans le concret, perd pied et s'abîme dans l'océan de l'absurde. En fermant les yeux devant le monde extérieur, en se privant de la vue du milieu, l'esprit se dérègle. Quand on perd la sensation, comme dans le sommeil, il n'est plus de limites à la folie du rêve.

L'homme n'a pas été créé pour rêver, mais pour agir; la fin de la contemplation c'est l'idiotie.

L'homme fort n'écoute que sa raison, dont le vrai domaine est la science, et la science récompense ses efforts par la domination de la matière. De tous les jougs imposés à l'homme, le plus lourd est celui de l'inexorable nature. La nature, sourde à nos prières, ne connaît pas la pitié ; il faut la vaincre.

LE MENHIR

Il est beau sans doute de parler à la nature en souverain ; mais il est plus beau encore d'être son propre maître... On n'est maître de soi qu'à la condition de surmonter la souffrance et de dédaigner la mort. Moi, par l'exaltation de l'âme, j'avais opéré ce miracle.

LA TOUR

Prête l'oreille, vieillard, aux enivrantes harmonies qui s'élèvent de la cité bleue, de cette Exposition dont je suis l'expression la plus haute.

LE MENHIR

Oui, mais ces harmonies lascives forment une abjecte race de décadents, de femmes sans pudeur et d'hommes sans courage. Autour de moi les bardes chantaient la bravoure, et, quand les harpes se taisaient, les guerriers frappaient leurs boucliers d'airain, demandant à grands cris la mort dans les combats.

LA TOUR

Ne suis-je point la reine de ce monde de l'industrie et de l'art qui rendent la vie heureuse.

LE MENHIR

La vie heureuse !... Ah ! pour cela, je vous en défie. C'est votre grande prétention d'avoir atténué les maux dont souffre l'espèce humaine. Eh bien! c'est une erreur; vous avez énervé les hommes... S'ils ont moins à souffrir, ils savent moins souffrir et restent aussi misérables.

La souffrance a sa mission, car, disent les bardes, « le triomphe de l'homme est la fermeté dans la douleur ».

Dans le cercle d'Abred, le mal est la condition de la liberté, comme la douleur est la condition de la dignité humaine. « Il « y a trois victoires : la science, l'amour, « la force morale. Ces trois victoires com- « mencent dans la condition d'humanité « et se continuent éternellement. »

Les hommes peuvent transformer leurs souffrances, ils ne sauraient s'en affranchir.

Dans sa lutte contre le mal, l'homme est soutenu par sa foi dans le progrès indéfini de ses vies successives. Certes, je ne conférais point sur la terre un bonheur impossible, mais j'enseignais le parfait dédain de la mort. Dans la doctrine druidique, la première de toutes les vertus est le courage. Les Celtes ne connaissaient la crainte qu'en présence de l'invisible Dieu des forêts de chênes. Permettez-moi de préférer, aux efféminés de ce temps, mes sauvages guerriers qui mettaient leur orgueil à braver la souffrance, toujours prêts à franchir avec allégresse le fossé qui sépare de l'autre vie.

LA TOUR

J'ai élevé le drapeau d'un grand peuple, au-dessus de la terre, plus haut qu'aucun autre drapeau, afin que, de toutes parts, les opprimés tournent leurs regards vers ce signe de délivrance.

LE MENHIR

J'ai élevé les âmes jusqu'au ciel, en les faisant vivre en espérance dans les champs infinis de la voie lactée.

LA TOUR

Ma devise est fraternité des hommes, solidarité des nations.

LE MENHIR

La mienne est fraternité des mondes, solidarité des vivants et des morts. Notre système solaire est un de ces archipels, en nombre infini, baignés par l'océan de l'éther. Les âmes voyagent dans ces mondes, suivant leurs mérites, apprenant dans chaque existence, pour s'élever, par la connaissance des choses, à la connaissance de Dieu.

LA TOUR

Fille de la Révolution, je continue l'œuvre de ma mère ; par la science j'affranchis l'humanité de l'ignorance et de la superstition ; par la soumission de la nature, je l'affranchis de la misère. Je suis l'emblème de la liberté !

LE MENHIR

La liberté, chère madame, ne réside pas dans les lois, les constitutions et toutes les modernes niaiseries dont les gens de votre temps sont si fiers. La liberté ne s'imprime pas sur des chiffons de papier, mais dans les âmes; elle n'est pas un droit, comme vous le prétendez, elle est la récompense des vaillants. Mon peuple, inaccessible à la crainte, affranchi des terreurs de la mort, fut, par excellence, le peuple libre.

LA TOUR

J'ai eu tort de te parler avec dédain et de de manquer au respect dû à la vieillesse; mais conviens aussi que je représente une grande pensée : l'association de toutes les races humaines, unies dans une commune entreprise, l'exploitation féconde de la planète pour le plus grand bien de tous. Je suis la paix, toi, la guerre.

LE MENHIR

Croyez-vous avoir fermé l'ère des combats ?

LA TOUR

Hélas non !... J'ai tenté du moins le possible pour en prévenir le retour. J'ai rassemblé autour de moi tous les peuples de la terre, et, dans ce rassemblement, tous ces peuples, en élevant leurs regards vers ces trois couleurs que j'ai portées si haut, ont senti qu'ils étaient frères... Malheureusement bien des peuples encore sont entre les mains des représentants du passé !

LE MENHIR

Eh bien ! dans ce combat suprême pour le salut de l'humanité, les fils de Hu brandiront une dernière fois le glaive, heureux, comme leurs pères, de mourir dans la sanglante mêlée en poussant le vieux cri de guerre : « Bataille !... où le glaive sauvage est roi ! »

29 août 1889.

PAUL BRANDA.

LES

PIERRES DE KERMORVAN

PIERRES DE KERMORVAN

> Honorer Dieu,
> Aimer l'humanité,
> Agir en brave.
> *(Triades.)*

Quand il m'est possible, tous les ans au solstice d'été je fais un pèlerinage à quelque monument mégalithique.

Cette fois, je me décidai en faveur des pierres de Kermorvan.

Il y plus d'un demi-siècle, je les visitai avec mon père et ma mère. En 1871, j'y accompagnai Frédéric Passy, l'apôtre de la substitution de l'arbitrage à la guerre pour régler les différents entre les nations. En 1885, j'y conduisis une excentrique américaine, bouddhiste et fervente adepte de la loi du Karma.

Ces souvenirs me guidèrent dans mon choix, car, en elles-mêmes, les pierres de Kermorvan offrent peu d'intérêt; il n'en est pas de même du site pittoresque et suggestif où nos pères les ont dressées.

Ces monuments se composent de deux dolmens et d'un menhir sans importance.

Les deux dolmens, établis sur des supports bas, disparaissent en partie, à demi enfouis sous des ronces et des broussailles. Les tables seraient belles si elles étaient intactes. La cassure de l'une d'elles date peut-être de la mise en place, quant à l'autre, elle est positivement récente. Ce fait montre combien nous devons apporter de vigilance à la conservation des rares débris d'un grand culte. Conservons-les avec un sentiment de haute piété envers des croyances qui en étaient dignes et pour les nobles ancêtres qui les confessaient.

L'une des tables plane et circulaire, épaisse de deux pieds mesure environ quatre mètres de diamètre, l'autre plus volumineuse est moins régulière. Ce sont encore de jolis palets de vingt à vingt-cinq tonnes.

On doit sans doute attribuer la profusion de pierres mégalithiques, dont s'enorgueillissent nos parages, à l'arrêt forcé, aux bords de l'océan, de l'intrépide race barbare et voyageuse qui les semait dans sa course vagabonde de l'orient à l'occident.

Ceci est bien le « Finis — terre » pour des migrateurs d'Asie.

Malgré le grand nombre d'années écoulées depuis mon premier voyage au Conquet, ma mémoire conserve l'empreinte fidèle de deux incidents, l'un fort insignifiant, l'autre dont le rôle fut considérable dans ma vie mentale.

En ce temps-là, le bois était rare en ce pays pelé.

Encore aujourd'hui, entre la petite ville

et l'abbaye de Saint-Matthieu, des *laisser*
de vaches sèchent collés aux pignons des
chaumières. C'est le combustible de luxe
de l'endroit. Les pauvres diables se chauf-
faient et cuisaient leur maigre pitance
avec du goëmon, dont l'âcre fumée donne
un goût détestable aux aliments.

Avec la convoitise d'un enfant dont
l'estomac s'est creusé par des courses sur
la grève, j'admirai, dans la vaste cuisine
de l'auberge, l'appétissante couleur caramel
d'un rôti de veau tournant avec lenteur
sous l'action d'un majestueux appareil de
poids, de chaînes et d'engrenages. La
braise, d'un aspect particulier, avait bien
une odeur singulière, mais je ne m'en
préoccupai guère.

Désillusion amère, quand je mis sous la
dent ce rôti à l'essence de varech de si
savoureuse apparence!.... Dure leçon par
laquelle j'appris à ne pas juger sur les de-
hors choses et gens!...

L'autre incident est ma visite aux pierres

de Kermorvan. L'impression fut profonde malgré le peu d'importance du monument. Pour la première fois, je contemplais ces autels dont j'avais ouï parler si souvent, sur lesquels les druides immolaient des victimes humaines — opinion conservée par la tradition et vraie peut-être en dépit des savants.

Pourquoi les Druides n'auraient-ils pas sacrifié sur des dolmens élevés dans un but différent? La mosquée de Sainte-Sophie a-t-elle été construite par des musulmans?

Au surplus il importe peu. Mon entourage, comme tout le monde alors, voyait dans les dolmens d'antiques autels dressés pour des sacrifices humains. Nourrie de ces idées, mon imagination d'enfant se représentait des vieillards vêtus de blanc, couronnés de chêne, égorgeant des hommes sur ces pierres avec des couteaux d'or.

Le lieu prêtait d'ailleurs à l'évocation de cette scène tragique.

Aujourd'hui menhirs et dolmens se trou-

vent dans le champ d'une ferme voisine.
L'existence de cette ferme, rendue possible
par un puits d'une quinzaine de mètres
percé dans le roc, date d'une douzaine
d'années. J'avais donc vu Kermorvan dans
la nudité de sa grandeur sauvage.

La presqu'île, bordée de rochers abrupts,
se divise en sous-presqu'îles et s'attache par
un isthme large de cinquante mètres à
l'étroite langue rocheuse qui sépare le port
du Conquet de la baie des Blancs-Sablons.

Un gazon, si court qu'un mouton aurait
peine à le brouter, recouvre Kermorvan.
Des roches grises percent un peu partout
ce tapis vert. Parfois on y rencontre des
bruyères chétives ou quelque ajonc rabou-
gri, surgissant à grande peine de ce sol
où tout arbuste s'étiole sous l'âpre souffle
du Sud-Ouest. Le gazon est piqueté de
naines fleurs jaunes. Seule la fougère, plante
des mauvais terrains, prospère en ce lieu
aride.

On a derrière soi le port du Conquet,

profonde échancrure fréquentée par des pêcheurs et quelques caboteurs misérables. Le voisinage de l'incomparable rade de Brest étouffe le pauvre petit port.

A droite, en arrière, la baie des Blancs-Sablons, encadrée au nord et au sud de rochers à pic, étend à l'est ses eaux transparentes sur un fond de sable, blanc comme la neige, bordé par le velours d'une pelouse en pente douce. Tous les ans peut-être un paysan vient s'y baigner. La grève est magnifique, le paysage grandiose, les environs charmants.

Des dolmens, devant le spectateur, se développe le panorama du dangereux archipel de l'Iroise, avec ses innombrables écueils frangés d'écume blanche, enchassé dans la mer, bleue par ce beau ciel, mais sujette à des fureurs vertes.

Au loin, au nord, Ouessant, point de reconnaissance des navires atterrissant en Manche. Les gardiens des phares d'Ouessant voient peut-être défiler sous leurs yeux plus de navires que qui que ce soit au monde. Les Ouessantins, sauf le dimanche, vivent à la mer. Pas jolies, loin de là, les femmes cultivent les champs. Avec leurs blanches coëffes plates, leurs robes noires taillées sur une guérite, leurs cheveux coupés à la hauteur de la nuque et leur teint hâlé, elle rivalisent avec les gars de tous pays pour la robustesse.

Là coule, dans toute sa pureté, le sang des dresseurs de menhirs et de dolmens : cheveux brun-foncé, jamais noirs — yeux bruns, jamais noirs, quelquefois bleus, gris ou verts — taille moyenne — race trapue, résistante, née pour la lutte prolongée, intelligence peu vive, mais tenace.

L'esprit armoricain est lent, la connaissance superficielle ne pouvant lui suffire; il aime à creuser, il lui faut pénétrer au fond des choses;

La caractéristique de l'Armoricain est la volonté.

Jadis les poneys liliputiens d'Ouessant

jouissaient d'une notoriété fort étendue, alertes, ramassés, à demi-perdus dans leur crinière luxuriante et leur queue fournie. J'ai admiré dans mon enfance ces élégants animaux rageurs et pleins de feu. Que de choses j'ai déjà vu disparaitre avant de disparaître à mon tour.

En face, séparée par le chenal du Four, Béniguet, petite île sablonneuse sur laquelle on a établi une fabrique de soude. Autrefois, une innombrable tribu de lapins y fraternisait avec les goëlands, pullulant là heureux et tranquilles, sauf les massacres pratiqués de loin en loin par des chasseurs brestois, ce qui rendait aux survivants la vie plus facile.

Molène, connue pour l'audace de ses pilotes, masque un coin de l'horizon. On se demande comment ils osent affronter la mer avec des embarcations si frêles, quand ils vont au large, par gros temps, à la rencontre des navires. Quels hommes et quels marins!... un proverbe dit : « Bonne terre, mauvaises gens », que de braves gens a produit ce sol de pierre ! Par un beau jour d'été, j'assistai à Molène à la récolte du varech. C'est la vendange du pays. Un gracieux tableau. Pieds nus sur la grève inondée de soleil, garçons et filles court vêtues transportaient à pleines civières d'immenses rubans de goëmon soyeux, éclatants de tons d'or, de pourpre et d'émeraude au sortir de l'eau.

Dans cet archipel, on vit comme sur un navire à l'ancre. Une vieille de l'île de Sein — jadis sanctuaire des plus vénérées druidesses — me disait : Je n'ai jamais mis le pied sur *la grande terre*, et je ne sais comment est fait un arbre.

En dedans, Trielen, ilôt fréquenté par les oiseaux marins, et Quéménès, petite île basse.

On aperçoit de loin la *ferme* de Quéménès — un des amers de ce dédale. En débarquant sur ce plateau à peine émergé de haute mer, on est surpris de trouver de l'herbe touffue, une ferme plantureuse, de beaux chevaux, des champs de blé, des vaches grasses comme celles qui permirent au pudique Joseph de prédire au Pharaon sept années d'abondance. Il serait curieux d'étudier les mœurs de cette famille de Robinson, isolée du monde par les récifs, les courants de foudre, toutes les difficultés, tous les dangers possibles des communications maritimes. On est encore plus étonné d'y rencontrer deux imposants menhirs, l'un en forme de cœur — la pointe en bas, l'autre renversé et brisé.

Pour exécuter ces travaux de menhirs, il fallut une notable réunion d'hommes. Ce ne fut pas l'œuvre d'un jour. Sans ressources sur place, les travailleurs devaient entretenir des relations quotidiennes avec le littoral, donc ils étaient marins.

En face de l'océan pour la première fois, à l'aspect de cet archipel d'îlots et de rochers, je me demandai instinctivement : après ces cailloux, derniers fragments d'un continent s'effondrant dans l'abîme, qu'y a-t-il ?

Et pour la première fois (autant que la chose est possible pour une intelligence rebelle encore aux idées abstraites) j'éprouvai la sensation de l'infini.

Et le nom de *Finistère*, donné à notre département me revenant à l'esprit, je demandai à mon père : c'est donc bien ici la fin de la terre ?

Tout cela tourbillonnait confus dans ma jeune cervelle. Mais la sauvagerie de ce tableau grandiose, la légende des hommes égorgés sur ces pierres stimulaient mon imagination en la plongeant dans une sorte d'effroi.

Elle n'a pas moins travaillé aujourd'hui.

Je cherchai une réponse à cette question bien naturelle : Quelle manie a pu pousser les constructeurs de dolmens à ériger ceux-ci dans ce lieu désert ?

Et je me disais : laissant partout de semblables témoins de leur passage, après avoir traversé une partie de l'Asie et contourné l'Europe par le Nord, ces enragés voyageurs, devant l'Océan qui criait à ce flot humain : « Tu n'iras pas plus loin », ont multiplié leurs monuments aux bornes fatales de leurs courses vagabondes, là où, par la force des choses, la vie sédentaire succédait pour eux à la vie errante.

Ce sont bien là *nos Pères*, venus de l'est, apportant aux hommes des cavernes les éléments d'une existence meilleure.

Ils n'ont point de nom dans l'histoire. Pourquoi en auraient-ils? Ce nom, *nos Pères*, ne suffit-il pas?

De cet essaim de barbares héroïques, émanés d'une ruche d'Asie, accumulés devant l'océan, dans la Gaule, comme les eaux d'un fleuve barré à son embouchure, descendent les deux tiers des Français. La population rurale de la vieille Armorique, toute entière, a pour aïeux les constructeurs de dolmens.

Que devons-nous donc aux Celtes et aux Galates? — le fer et un nom. Ce n'est pas peu de chose. Les Gaulois sont les hommes du fer, de la grande épée de fer.

Nos pères sans nom, navigateurs, pasteurs, agriculteurs, apprirent aux habitants des cavernes à dompter les chevaux indigènes et les bœufs sauvages.

Avec le fer, Celtes et Galates apportaient l'instrument d'un progrès qui ne s'arrêtera plus.

Mais ce fait reste : sur le sol qui devait porter le nom de Gaule, une noble race sans histoire et sans nom, aventureuse et turbulente, importa, sauf l'usage des métaux, les arts les plus essentiels, avec les céréales, la charrue, le bétail, les étoffes, l'organisation sociale et politique — car il faut une organisation politique et sociale avancée pour accomplir des travaux de l'importance de ceux de Mané-Lud. Elle fit sortir les troglodytes de leurs terriers, leur apprit à construire des habitations au soleil, à monter le cheval au lieu de le manger. Son respect pour les morts prouve l'élévation de ses sentiments, l'unité des monuments religieux et funéraires témoigne d'une foi commune.

Celtes et Galates arrivaient sans doute avec leurs croyances, mais ils durent certainement composer avec la religion énergiquement constituée d'une population nombreuse. L'origine du Bardisme se trouve donc bien dans la foi des constructeurs de dolmens, des dresseurs de menhirs. A ce sujet, la tradition, pour être confuse, n'en est pas moins formelle.

Sur le sol gaulois, par le travail intellectuel et moral de nos pères sans nom et des Celtes, s'est formée une religion originale inconnue. C'est une plante disparue dont les racines et le tronc n'ont point laissé de trace, mais dont le fruit, comme un fossile dans le roc, s'est conservé dans le pays de Galles sous la forme de la doctrine des Bardes du moyen âge. Dans ce fruit, comme dans le grain de blé retrouvé dans un tombeau d'Égypte, dort la puissance germinative et la petite graine renferme en sa modeste enveloppe le trésor d'une abondante moisson.

30 juillet 1891.

P. BRANDA.

Tpy. Paul SCHMIDT, 5, av. Verdier (Grand-Montrouge).